老井新泉

中國人的智慧

阿濃 著

老井新泉 —— 中國人的智慧
作者／阿濃
總編輯／黃幗坤
責任編輯／楊碧瑤
美術設計／黃漢威
出版發行／突破出版社
香港沙田亞公角山路 33 號突破青年村
電話：2632 0000　傳真：2632 0388
電郵：breakthrough@breakthrough.org.hk
網址：http://www.breakthrough.org.hk
http://www.btproduct.com
承印／陽光（彩美）印刷有限公司
1997 年 4 月初版 1 刷
2023 年 9 月初版 23 刷

Old Chinese Stories:
ancient wisdom in modern times
by A Nong
First Printing, First Edition, April 1997
Twenty-third Printing, First Edition, September 2023

Printed in Hong Kong
ISBN 978-962-264-230-0

本書採用環保油墨印刷

閱讀之味

或坐在巨人的肩膀上，或呷一口書香，讓我們的生活漸次提升，讓眼界更見遼闊。

目錄

專注

仁政

重才

忠心

孝順

敬師

知心

善導

分享

寬厚

高潔

智慧

序

這不是一本懷舊的書，懷舊只能帶來一些回憶和感慨。

這是一本補課的書，補常識的課，補文化的課，補歷史的課，補道德的課，也補智慧的課。

在許許多多的場合，我們發現青少年知識貧乏。他們對城市話題、各類名牌、歌星影星、娛樂享受如數家珍；而對祖先留下的寶貴遺產卻一無所知。

《老井新泉——中國人的智慧》精選了五十八個故事。這些故事來自許多智慧之井：有中國古代神話之井、中國歷史之井、諸子百家之井、文學之井。這些故事都曾膾炙人口，成為中國人生活的一部分。師生相授，親子相傳。可惜到了近代，有些故事被人忘記，學校課本也缺乏介紹。年輕人包括老師在內，偶被問及，往往瞠目不知所對。

《老井新泉——中國人的智慧》不是《幼學瓊林》那類典故的書，因為所選的故事，不但要讀者有所知，還要他們有所得。這些「得」是屬於精神上的、品格上的。

所謂「智慧」，不是教大家做一個聰明人，而是希望大家做有愛心的人，做信實的人，做重視友情的人，做有勇氣的人，做肯受教的人，做精誠專一的人，做有仁心的人，做尊重賢能的人，做忠心的人，做孝順的人，做敬師的人，做善於引導的人，做懂得分享的人，做寬厚的人，做高潔的人……這些都是真正的智慧。

這些來自老井的水，絕非陳腐的一泓死水，而是甜美的清泉，可以灌溉我們的心田，洗滌我們的靈魂。

這些故事可以用作學校週會的題材，每星期介紹一個故事，差不多夠兩個學年之用了。

這些故事可以用來上班主任課，介紹故事之後，可以展開討論。

這些故事可以用作課外閱讀，讓學生閱讀之後，抒發他們的感想。

中國文化中有些屬於「基本」的東西，例如基本的歷史和地理知識、基本的風俗習慣、基本的詩歌教育、基本的語文運用……一個成年人缺乏了這些「基本」，便會使人覺得他無知和淺薄。《老井新泉——中國人的智慧》是一本基本的中國故事集，是一本基本的道德教育書，也傳授許多基本的生活智慧。作為作者，我盼望每個中國人能擁有這些「基本」。

愛心

盼可將燭光交給我，
讓我也發光芒。寒流裏，
願同往，關心愛心似是陽光。

——鄭國江・〈一點燭光〉

化作大地山河

大詩人屈原寫過一篇〈天問〉，提出了連串天地開闢、宇宙形成的問題。現代學術家兼詩人郭沫若，曾經把〈天問〉譯成白話，那開頭的幾句是這樣的：

請問：關於遠古的開頭，誰個能夠傳授？
那時天地未分，能根據甚麼來考究？
那時是渾渾沌沌，誰個能夠弄清？
有甚麼在迴旋浮動，如何可以分明？

人類的這些疑問，往往形成了種種的神話。中國便有一個盤古開天闢地的故事。

據說起初，宇宙只是黑暗混沌的一團，好像一個碩大無比的雞蛋。我們的老祖宗盤古，就孕育在這個大雞蛋中。

他孕育，他成長，他忽然睡醒，睜開眼睛，到處是黑暗迷糊的一片。

他心中煩躁，伸出巨靈之掌向四周斬劈，只聽得嘩啦啦天崩地裂，跟着一些輕而清的東西冉冉上升，變成了天；一些重而濁的東西沈沈下降，變成了地。

天地分開之後，盤古怕它們再合攏，就頭頂天，腳踏地，站在天地中間，跟隨變化。

後來盤古倒下死去，他身上的一切變成了大地山河，遺愛在人間。

這雖是神話故事，卻有很好的寓意。盤古不滿混沌世界的黑暗無光，要改變現狀，創造光明新天地。這種精神多麼偉大。而他頂天立地，是多麼的有擔當。遺體化為山川河嶽，那愛心是同樣的寬厚深廣。

盤古是中國神話傳說中的人類老祖宗，而且是值得世世代代學習、具備高貴品質的老祖宗。因此我把他放在第一篇。

放掉小鹿的人

春秋時代，魯國的貴族孟孫出外打獵。在一番血腥的圍捕射殺之後，孟孫捉到一頭小鹿。

孟孫想把小鹿養在園子裏，給孩子們賞玩，便吩咐臣子秦西巴，負責把小鹿先帶回去。

秦西巴用籠子裝着小鹿，走到半路時，樹叢中走出一頭母鹿，也不害怕眾人，只是跟在後面，發出哀哀的呼喚聲。

那籠裏的小鹿也一聲聲答應着，聲音裏充滿惶恐和焦急。

他們一路前行，那母鹿一路跟隨，秦西巴趕牠也不走。牠是完全不顧自己的安危了。

秦西巴是一個好心腸的人，他眼見牠們母子情深，聲聲哀怨動人，終於忍不住把那小鹿放了。

母鹿無限愛憐地，舐那重獲自由的小鹿，一同走進林中消失了。

孟孫打獵回來，問秦西巴那小鹿哪裏去了。秦西巴照實告訴了他。孟孫大怒，叫秦西巴回老家去，不要再在他眼前出現。

秦西巴回到家鄉之後，或耕種，或讀書，清閒的日子倒也自得其樂。

三個月之後，孟孫坐着馬車，親自來到秦西巴的家門前，原來是聘請秦西巴回去，做他孩子的老師。

在此之前，送孟孫前來的駕車人，曾經問過他：「從前你那麼生他的氣，為甚麼如今又請他做孩子的老師呢？」

孟孫說：「他對小鹿也那麼有愛心，又怎會不愛護我的孩子呢？」

孫叔敖和兩頭蛇

春秋時代，楚國有個很有政績的官員，名叫孫叔敖。他曾興修水利，灌田萬頃，造福百姓。

他童年時，有一天從外面回來，臉色憂愁，而且躲起來哭泣。

母親發現了，關心地問他：「兒呀，你有甚麼不舒服麼？是有人欺負你麼？」

孫叔敖一味的搖頭。

在母親不斷的追問下，他終於告訴母親：

「剛才我在外面遊玩的時候，看到一條蛇。」

「有沒有給牠咬傷，還是嚇了你一跳？」母親關心地問。

「沒有。可是這是一條奇怪的蛇，牠有兩個頭。」

「既然沒有咬你，何必如此擔心呢？」

「聽人家說，誰看到了兩頭蛇，不久便會死去。我恐怕要永遠離開母親了。」孫叔敖說完，又哀哀地哭起來。

母親說：「傻孩子，傳說不一定可信。如今那條蛇呢？」

孫叔敖說：「我怕別人再看見牠，已經將牠打死，深深的埋葬了。」

母親說：「你自己遇上危難，還肯為他人着想。你這樣做是積了陰德，上天怎會讓你死去呢！」

事實告訴我們：孫叔敖不但沒有因此死去，還為人民做了許多有益的事。世間有種人，在自己遭遇不幸時，希望有更多的人陪他，比起孫叔敖來，實在卑鄙可恥了。

獸中人和人中獸

從前有個叫西王須的商人，他善於到海外做生意，搜集玳瑁、瑪瑙、雲母之類的珍寶回來，賺了不少錢。

有一次在海上遇到狂風，船被打沈，他緊緊抱着一枝斷桅，終於飄浮到岸邊。渾身濕淋淋的走上一座山，山上雲氣繚繞，一片陰暗，渺無人迹。

西王須相信，自己這一次一定逃不過大難了，他想找個山洞死在裏面，免得遺體做了烏鴉和老鷹的食糧。

當他看到一個山洞，正想鑽進去時，一隻猩猩從裏面鑽出來，把西王須上上下下的打量了一番，好像對他的遭遇很同情。猩猩還搬了些野果、蔬菜之類的東西，給他充飢。西王須取了一些嘗嘗，覺得味道還不錯。

猩猩又帶他走進大洞裏面的一個小洞，地上鋪了尺多厚的鳥毛、獸毛，睡在上面很是溫暖。猩猩讓給西王須睡，自己睡在外面，很冷的天氣也是這樣。

兩者言語不通，但是猩猩咿咿啞啞的發出聲音，好像是在安慰他。這樣過了一年，猩猩對他始終一樣的好。

一天，一隻大船經過山下，猩猩急忙挾着西王須來到岸邊。船上的人接了西王須上船，船主原來是西王須的朋友。這時那猩猩還在岸邊遙望，捨不得離開。

西王須對友人講述自己流落荒島的經過，並且說：

「用猩猩的血來染毛織品，一百年也不變色。這猩猩如此肥大，可以取得成斗的血，讓我們上岸把牠捉來放血吧。」

西王須的朋友憤怒地罵他說：「牠是獸中之人，你卻是人中之獸啊！」

這是明朝宋濂記述的一則故事。

信實

信用落到地上，

如鏡摔破，

不能再圓。

——英國諺語

心中的諾言

季札是春秋時吳國的公子，吳王壽夢想傳位給他，他不肯受。封於延陵，所以又稱延陵季子。曾經作為外交使節，歷聘魯、齊、鄭、衞、晉等國，當時以多聞見稱。

季札出使魯國的時候，要經過徐國。徐國的國君很敬重季札的為人，盛情款待，兩人談得十分投契。

季札在外行走，為了防身，佩帶了一把名副其實的寶劍。徐國國君也是一位愛劍之人，並且對劍素有研究。季札把劍除下給徐君欣賞，徐君看得愛不釋手，卻又不好意思要季札割愛。

季札看到徐君着迷的樣子，已經知道他的心思。他是一個重友情、輕財寶的人，心裏已決定把劍送給徐君，只是公務在身，此去路上又多險阻，不容有失。他想：還是待我出使回來才送給他，那時他一定十分歡喜。不過當時他並沒有向徐君透露這個意思。

季札從魯國回來時，又經過徐國，想不到徐君已經病故。把劍送給徐君的心中的諾言，似乎無法實現了。

他提出請求，希望到徐君的墓前一拜。到了那裏，故人已陰陽永隔，季札無限感慨。拜祭一番之後，他除下身上佩劍，掛在墓前的樹上。季札的信諾即使只是在心中，並沒有任何人知道，他也會信守不渝。

另一位信守諾言的人叫季布，漢代人。當時有「得黃金百斤，不如得季布一諾」的說法。不過，可不要把他與季札，當作是同一個人啊。

兩年前的約會

漢代的張劭（字元伯）和范式（字巨卿）同在京師太學學習，十分投契，做了好朋友。兩人分別時，范式說兩年後會去探訪張劭，拜會他的母親，兩人約定了一個日期。

兩年後約定的日子快到了，張劭告訴母親：好朋友范式要來了，得好好的接待他。張劭的母親說：「兩年前的約會，人又在千里之外，他果真會依期赴約麼？」

張劭說：「范式是最守信用的人，他一定會來的。」

母親半信半疑，儘管殺雞做飯，準備了豐盛的菜肴，等待范式到來。

他們沒有失望，范式果然在約定的日子，來拜會張劭的母親，那天他們是多麼的高興啊！

不少人曾聽過「雞黍之約」的故事，卻不知道故事還有感人的另一節：

後來張劭患了重病，臨終時跟身邊的朋友歎息：「你們是我的生友，范巨卿是我的死友，臨終不能見他，是我的恨事。」

張劭死後，范式做了一個夢，夢見張劭告訴他自己已經死去，定於某日下葬，從此永歸黃泉，不知好朋友能不能來送一程？

范式醒來悲歎泣下，向上司請假要去奔好友的喪。上司雖不大相信，但見他如此傷心，便讓他前往。

傳說中，那邊張劭的棺木準備放下墓穴時，卻重得抬不動。他母親撫棺說：「孩子，你在等你的好朋友麼？」便叫大家等一會兒。這時范式素車白馬飛馳而來，他對棺祝禱說：「行矣元伯，死生路異，永從此辭。」情辭悲切，引得大家灑淚。在范式的引導下，棺木徐徐放下墓穴。

既然同坐一條船

三國時代，魏人華歆有一次跟王朗同船逃難，船到中途，岸上有人苦苦要求他們收留。

華歆起初不肯，說了許多為難的話。王朗卻幫那人求情，說船上還有空位，為甚麼不幫幫人家呢？結果讓那人上了船。

後來他們被賊人發現，在後面追趕，而且愈來愈近。

華歆他們的船因為載得人多，無法急駛，情勢愈來愈危急。

王朗想那後來上船的人離開，好讓他們的船行駛得快些。那人無可奈何，正準備離船，華歆說：

「起初我不肯收留他，就是怕出現這種情況。如今既然答應了人家，讓他上了船，怎可以因為危急，便拋棄他呢？」

結果把那人留在船上，繼續前行。

在不妨害自己利益時，許多人是樂意做點善事的。既獲得別人的感謝，又得到善心的美名，不能說沒有收穫。

但到關乎個人利害，而且是安危攸關的大事時，能不能勇於擔當，能不能信守承諾、始終如一，便考驗一個人的道德和良心。

本書有一則荀巨伯的故事，為朋友而不離不棄，十分難得；華歆為一個素不相識的人，負起道義的責任，更值得欣賞。

西方有一則兩友人遇熊的故事。其中一個置朋友於不顧，率先爬上樹逃難。另一人只得躺在地上裝死，幸而沒有受到熊的傷害，熊只在他耳邊嗅了一嗅便離開了。事後樹上那人問：「熊在你耳邊說了甚麼？」這人回答說：「在需要時肯幫你的，才是真朋友。」華歆的故事告訴我們：「在危難時肯助人的，才是真正的大丈夫。」

友情

情同兩手，一起開心，一起悲傷，
彼此分擔，總不分我或你。
你為了我，我為了你，
共赴患難絕望裏，緊握你手，朋友！

——向雪懷・〈朋友〉

義氣也可退賊

漢朝的荀巨伯得知遠處的好朋友患病，沒有人照料，便趕去服侍他。朋友在孤苦無依的情況下，有荀巨伯的幫助，心中十分歡喜和感激。

想不到就在這時候，有北方胡人的兵攻城，情勢危急。

朋友說：「反正我的病不會好了，你快離開此地吧！」

荀巨伯說：「為了自己的安全而捨棄朋友，是荀巨伯的所為麼！」

不久胡兵攻入城中，逐屋搜掠，帶隊的軍官闖進屋內，見他們兩人便喝問道：

「大軍到來，全城的人都走光了，你們是甚麼人，獨敢留下？」

荀巨伯說：

「我的朋友病了，我不忍心離開他。你們要殺便殺我，請不要傷害我病中的朋友。」

那些胡人你看看我，我看看你，似乎被這種朋友的高義感動了，竟然沒有傷害他們，便在軍官帶領下退出了。

說到這種生死與共的朋友情誼，使我想起了戰國時代，羊角哀和左伯桃的故事。

羊、左兩人是好朋友，聽說楚王招納賢士，便結伴前往。走到半路，天氣突然變壞，又是雨又是雪。兩人衣衫單薄，又帶不夠食物。

左伯桃說：「這樣下去，我們兩個都會凍餓而死，不如你加穿我的衣服，帶上我的糧食繼續前行吧。」

羊角哀當然不答應。可是當他從疲累中睡醒時，發現左伯桃留下了衣服和糧食，已經死在一棵空心樹中。

像這樣的高誼隆情，雖千多二千年之後，我們看了，還是會深受感動啊！

車子和桃子的故事

春秋時代的衞靈公，很寵愛他的一個近臣彌子瑕，因為他長得漂亮，人又乖巧，很懂得討主子的開心。他們在一起時，幾乎忘記了君臣的名分，像好朋友一般相交。

有一次，彌子瑕深夜得到母親病重的消息，心急如焚，找不到車子，便假借國君的名義，駕了衞靈公的車子出去。

衞靈公知道了這件事，不但不處罰他，還稱讚説：「多麼的孝順呀！為了母親的緣故，連自己這樣做會犯上刖刑，也顧不得了！」（刖：古代酷刑，犯罪的人要斷足。）

有一天，彌子瑕陪衞靈公到果園裏遊玩，樹上長了各色各樣的果子，大家隨意摘來吃。

彌子瑕剛巧吃到一顆又香又甜的桃子，簡直是他從來沒有吃過的極品。

「真好吃呀，您嘗嘗看！」

彌子瑕把吃了一半的桃子，拿給衛靈公吃。

衛靈公不但不嫌，還說：

「彌子瑕真愛我，吃到好吃的桃子，便記得我，要讓我分嘗。」

後來彌子瑕年紀大了，樣子也不漂亮了，衛靈公不再喜歡他。有一次彌子瑕得罪了他，他便翻起老帳簿來了：

「這個討厭的傢伙呀，曾經假託我的名義偷用我的車，又把吃過的桃子給我吃，簡直是太過分了！」

其實彌子瑕曾經做過的，還是那兩件事，但在別人的愛憎起了變化之後，評價便不同了。假如你是衛靈公或彌子瑕，從這個故事該有怎樣的反省呢？

勇氣

反躬自問，正義確在我，
對方縱是千軍萬馬，
我也勇往直前。

——孟子

殺不怕的太史

春秋時代，相國崔抒殺了國君齊莊公，另立莊公的兄弟為王，是為齊景公。這時的崔抒，氣燄當然是不可一世的了。

他多少有點介意歷史上怎樣記載他殺齊莊公的事，便召當時的太史來查問。太史是負責書寫歷史的官員。那太史一點也不隱瞞，把他所寫的拿給崔抒看，原來清清楚楚的記載着：某年五月，崔抒謀殺了國君。

崔抒問太史可不可以改寫一下，說齊莊公是病死之類。太史一口拒絕，說忠實地書寫歷史，是他們做史官的職責。

崔抒用處以死刑來恐嚇太史，太史一副視死如歸的樣子，終於激怒了崔抒，真的把太史殺了。

這位太史死後，他的弟弟繼承了太史的位置。崔抒想知道這位新太史，有沒有吸取他兄長的血的教訓，便召他來問這件事是怎樣寫的。崔抒想不到，他寫的跟他哥哥完全一樣。崔抒一不作二不休，又把他殺了。

太史的另一個弟弟，又接替了兄長的工作。他又勇敢地寫下了歷史的事實，結果又遭了崔抒的毒手。

太史最小的一個弟弟，也是做史官的。他沒有被三位兄長的死嚇怕，記下了同樣的字句。崔抒終於手軟，歎息道：「我為了保全國家社稷，殺了一個無道之君，卻要在歷史上承擔弒君的名分，希望後世的人能明白我的心意啊！」他沒有把這個史官殺掉，也無奈地容忍了他的記載。

當這位史官抱着記載歷史的竹簡走出來時，已有另一位叫南史氏的史官等在門外。他說如果再有史官被殺，他會繼續他們的工作，並且願意隨時獻出自己的生命。

獄中寫出不朽作品

漢將李陵率兵五千，深入匈奴腹地，殺敵無數。終因寡不敵眾，兵敗被俘，忍辱投降。

漢武帝大為震怒。太史令司馬遷卻為李陵說公道話，認為李陵已經盡力，他的投降，只不過是想將來有機會戴罪立功，報答皇上。

司馬遷的話使漢武帝怒上加怒，將他處以腐刑，關在獄中。

這種傷殘器官的肉刑，使司馬遷大感屈辱，曾經想過自殺。後來他想到歷史上許多前賢，在心情憂憤的情況下，還能寫出不朽的作品：像周文王囚禁在羑里，寫了一部《周易》；孔子周遊列國被困在陳蔡地方，後來寫了一部《春秋》；屈原被放逐，寫了《離騷》；左丘明眼睛瞎了，寫了《國語》；孫臏被刖斷了腳，卻寫出了一部《兵法》……為甚麼自己不可以效法他們，寫一部可以傳世的作品呢？

司馬遷的父親司馬談正是有名的史官。他自司馬遷小時，便培養他對歷史的興趣。司馬遷自二十歲起，遊歷各地，追尋歷史遺蹟，聽父老們講述往事，豐富了他的識見。又曾隨漢武帝巡行各地，所見愈多。父親死後，他繼承職位做了太史令，閱讀和搜集的史料更多。

結果他在獄中完成了五十二萬字的巨著《史記》，是中國歷史書籍中最偉大的著作。加上文字生動，人物性格鮮明，兼具文學特色，又是一部出色的文學作品。

為朋友説公道話，不怕激怒君王，這是一種勇敢；身處惡劣環境，身體又受到傷殘，在屈辱之中不灰心、不自暴自棄，讓生命發出最大的光輝，這也是一種勇敢。

司馬遷和他的《史記》都可以不朽了。

受教

人誰無過，過而能改，善莫大焉！

——《左傳》

美男子引起的政改

戰國時代，齊國有一個叫鄒忌的，長得很漂亮。有一天早上，他打扮一番，對着鏡子問他的妻說：

「我跟城北的徐公相比，哪一個更加漂亮？」

「當然是你漂亮，徐公怎比得上呢？」他的妻說。

鄒忌聽了半信半疑，因為徐公是齊國有名的美男子。於是鄒忌拿同樣的問題問他的妾，又詢問一個求見他的客人，想不到他們異口同聲，都說徐公不及他漂亮。

第二天徐公來探訪鄒忌，鄒忌把他細細打量，自覺不如。照照鏡子，更覺自己差得遠。這天夜裏，他躺在牀上細想，終於恍然大悟：「妻子說我美是偏袒我；小妾說我美是畏懼我；客人說我美，是有求於我。」

於是鄒忌入朝去見威王，說了自己的故事，跟着提醒威王：

「齊國佔地千里，城市一百二十個，宮裏的妃子和左右的侍從，哪一個不偏袒王？朝廷上的官員，哪一個不害怕王？全國的百姓，哪一個不有求於王？如此看來，大王所受的蒙蔽，已經到達最厲害的程度了。」

威王覺得鄒忌所説有理，立即傳旨，鼓勵全國人民批評朝政。起初進諫的人門庭若市，漸漸因為弊政獲得改良，再沒有多少意見可提了，而齊國也因此變得強大。

難得的是鄒忌有自知之明。更難得的是，威王有接受批評的雅量，有改良弊政的決心。可歎的是，今世批評者常被視為死敵，而當政者只欣賞説假話的佞幸之徒，如此國家又如何得以富強呢？

用人來做鏡子

從前臣子怕君王，是很普遍的事；但也有例外，是君王害怕臣子。不是因為臣子弄權，而是因為他直言進諫，使君王不得不聽從。這種情況，需要有敢言的臣子和肯接受意見的君王，才可能出現。唐太宗和魏徵便是一個少有的例子。

有一次，唐太宗正在玩弄他的寵物——一隻鷂子，忽然聽說魏徵求見。太宗害怕魏徵又會因為他玩鷂而説話多多，匆忙間把鷂子收藏在懷裏。

魏徵其實已經看到太宗的舉動，但他提也不提鷂子的事，只是向太宗報告大小政事，似乎故意拖長了時間。太宗雖然心中焦急，卻也只能耐心地聽下去。

到魏徵告辭，太宗把藏在懷裏的鷂子拿出來看時，鷂子卻已經因窒息而死了。

太宗雖然時常因魏徵的勸諫而大為生氣，在魏徵死時，也不禁歎息道：

「用銅來做鏡子，可以正衣冠；用歷史來做鏡子，可以知道歷代王朝興盛衰亡的原因；用人來做鏡子，可以明白自己行為的對錯。我常常借這三面鏡子來防止自己做錯事。如今魏徵逝世，我失去一面鏡子了。」

在中國近代歷史上，仍然不乏因進諫而遭禍的悲慘事例。

我們不能寄望於一兩個諫臣、明君，我們要爭取民主政制和言論自由，讓國民都有批評朝政的自由，也擁有更換政府領導人的權力。

負荊請罪

藺相如「完璧歸趙」的故事，大家都是聽過的。趙國結果沒有把璧給秦，秦國也沒有把城給趙，這件事也就不了了之。

但秦國懷恨在心，仍不時攻打趙國，挑起一些小戰爭。

後來秦王約趙王會於澠池，説要談兩國交好的事。趙王害怕，想不去。大臣藺相如、大將廉頗，都認為不能示弱，決定由藺相如陪同前往。如果三十日不見回國，便由廉頗立太子為王，絕了秦國吞併的妄想。

宴會中秦王請趙王奏瑟，趙王奏了一曲。秦國的御史上前記錄道：「某年月日，秦王與趙王會飲，令趙王鼓瑟。」這當然是想折辱趙王。

藺相如立刻拿起一件陶器，也請秦王敲擊為樂。秦王不肯，相如説：「五步之內我的頸血會濺在大王身上。」表面上是説會自殺，其實有跟秦王拚命的意思。秦王沒法，只得勉強敲了一下。相如立即要趙國御史記下：「某年月日，秦王為趙王擊缽。」有藺相如在，秦王終於沒法折辱趙王。

趙王回國之後，封相如為上卿，位置在廉頗之上。廉頗不高興，説見到相如定要羞辱他一番。相如知道這消息，儘量避免跟廉頗見面，使相如的下屬都顏面無光，向相如請辭。

相如説：「我連秦王也不怕，怎會害怕廉將軍呢？秦工不敢欺負我們，正由於有我們兩人在。如我們互鬥，國家便危險了。」

廉頗聽了十分慚愧，赤裸上身，背着一根荊條，向相如謝罪，要相如加以責罰。

兩人還因此快快樂樂的，成為生死與共的朋友。

除三害

晉朝義興（今江蘇宜興）地方的百姓，為「三害」所苦。所謂「三害」，一是水中的蛟龍（或許就是今天我們所說的鱷魚），二是山上的老虎，第三害卻是一個名叫周處的年輕人。

周處是東吳名將周魴的兒子，年少氣盛，又有一身武藝，少不免在地方上有點橫行霸道，可是大家都害怕他，不敢拿他怎樣。

後來有那會說話的，說動了周處去殺虎斬蛟，為地方除害。

周處先到山上殺死了老虎，再到水裏去跟惡蛟搏鬥。岸上的百姓但見那蛟與周處纏在一起，或浮或沈，經過幾十里仍然難分難解。

三日三夜之後，不見周處上岸。大家以為周處與蛟龍已經同歸於盡了。三害同時除去，大家喝酒唱戲，全城慶祝。

想不到這時周處已殺死了惡蛟，帶着遍體的傷痕，拖着疲倦欲死的身軀回來。當他聽見人們在為他的「死亡」而慶祝時，心裏不是憤怒，而是自慚和悔恨。

於是他去求教兩位有學問的人，一位是陸機，一位是陸雲。陸機不在家，周處對陸雲說：「我很想改過自新，但虛度了許多歲月，恐怕再難有甚麼成就了。」

陸雲鼓勵他說：「孔子說過：早上聽到聖人的道理，哪怕晚上立即死去，也就無恨了。何況你還年輕，只要立志向上，何需憂慮將來沒有美名流傳呢！」

周處果然立志改過，勤奮向上，成為國家有用的人才。

病從淺中醫

戰國時代的名醫扁鵲，跟蔡國的君主桓公見面。扁鵲在桓公的面前站了一會兒便說：

「您身體的表層有病，要治得趁早，不然會加深。」

「我好端端的有甚麼病！」蔡桓公說。

扁鵲離開之後，桓公說：

「這些做醫生的，總喜歡說人家有病，好讓他們醫好了領功，其實人家根本沒有病。」

十天之後，扁鵲再見桓公，他說：

「您的病已進入肌膚，不醫會更加深了。」

桓公聽了很不高興。

又十天之後，扁鵲對桓公說：

「您的病已進入腸胃了，現在再不醫治便很麻煩。」

扁鵲離開後，桓公說：

「看他一次又一次的胡扯，我至今不是好端端的嗎？」

又過了十天，扁鵲見到桓公便急急離開。桓公故意派人問他，扁鵲說：

「病初起的時候容易治療，一步步的加深，也還有藥可救。可是到病在骨髓裏面時，我便無能為力了。如今我見到桓公的病，經已深入骨髓，我還能做些甚麼呢？只好快快離開了。」

五天之後，桓公渾身作痛，十分難受，派人去找尋扁鵲，他卻已逃往秦國去了。

不久蔡桓公便病逝了。

一個國家、一個政府、一間機構，其領導人聽到批評的意見時，是虛心受教，還是以為對方心存不軌，而不願傾聽呢？蔡桓公的病逝，是一個很好的教訓。

後悔已一生

從前有個叫蹶叔的人，對自己十分自信，不願意接受別人的意見。

他在龜山之北種田，把水稻種在高地，高粱種在濕地。

一位好朋友對他說：

「高粱喜歡旱，水稻需要濕，你的做法剛剛相反，怎會有好的收成呢？」

蹶叔不聽，如此種了十年也沒有甚麼收穫。他對朋友說：「我知道後悔了。」

蹶叔改行做生意，專揀當時最搶手的貨去買賣。可是到他有貨時，已經有無數的人跟他競爭，常常賣不出去。

那位好朋友對他說：

「會做生意的人看準人家不留意的貨，平價買下來，待時機一到，可以賺成倍的利。」

蹶叔不聽。這樣做了十年，虧蝕了許許多多的錢。他終於對友人說：「我以後不敢不後悔了。」

蹶叔又去做海運生意，邀請他的好友同行。來到一個無涯的大洋邊緣，朋友說：

「不能再前行了，一過去恐怕再回不來了。」

蹶叔堅持要去，友人只得轉乘其他船隻回家。蹶叔的船繼續前行，走進了不知名的航道，無法回航。經過九年時光，才幸運地回到家鄉。他的頭髮全白，人也枯槁瘦弱，人們幾乎認不出是他。

他找到那位好友說：

「我這次是真真正正的知道後悔了。」

朋友歎息道：

「你的確知道後悔了，可是你不覺得太遲了一點嗎？」

這是明朝劉基記述的一則故事。

專注

世上無難事，
只怕心不專。
——中國諺語

剖解牛隻的學問

戰國時有一個廚師，名字叫丁。有一次，他在魏惠王面前表演剖解牛隻的技巧。但見他或用手推，或用肩頂，或用腳踏，或用膝壓，配合牛的皮肉分離聲，刀的割切聲，簡直是一場有音樂配合的舞蹈。

看得魏惠王讚歎不已：「太好了！一個人的技術，可以好到如此地步！」

廚師丁說：

「我追求的是道，已超越技術的境界了。我初學剖解牛隻時，眼中所見是整隻的牛；三年以後，我眼中再不見牛，看到的是骨節和筋絡的空間。如今，我更加不用眼睛去看，只憑我的精神去接觸。我憑心神和感覺，便能夠順着皮肉的構造，自然順滑地用刀。

「一般的好廚子，每年要換一次刀；次一等的廚子每月要換一次刀。因為他們常把刀砍在骨頭上，刀很快便用壞了。

「可是我的這把刀，已用了十九年，剖解的牛隻有幾千頭，刀口卻像新磨過的一樣。牛身上骨節連接的地方有空隙，我的刀又利又薄，經過那些空隙，寬寬大大的還有許多空餘的地方。

「不過，我碰到筋骨黏連較為複雜的地方，就會特別小心專注，慢慢的、輕輕的，稍為切割，骨肉已隨刀分解，像泥土落在地上。這時我手上拿着刀站在那裏，有一種很大的滿足感。」

魏惠王從這個廚師的話，學得了養生的道理。其實這何嘗不是治國的道理？了解問題所在，不是硬來蠻來，事情便容易解決，也不會對執行政策的部門，造成損害。

誓填恨海的小鳥

中國古代神話傳説中，有一位炎帝。他教人播種五穀，因此又稱神農氏。他是中國人心目中，最受尊敬的遠祖之一。

傳説神農氏有三個女兒，各有傳奇的故事。本篇但説他最小的女兒女娃。

女娃有一次到東海遊玩，不幸遇上風濤，淹死在海，再不能回到愛惜她的父母身邊。她悲痛的靈魂化成一隻鳥，名字叫精衞，因為牠的叫聲好像是這兩個字。

大概怨憤大海奪去了她年輕的生命，精衞時常銜了西山的小石子、小樹枝，投到大海裏去，想要把這片汪洋填平。

如今東海邊，還可見到這種花頭、白嘴、紅足的鳥兒，銜了小石子和樹枝，由空中丟到海裏。晉代的大詩人陶淵明，在〈讀山海經詩〉裏有兩句説：

「精衛銜微木，將以填滄海。」

表現了一種哀悼讚美的感情。

中國有句話：「只問耕耘，不問收穫。」那是因為耕耘本身，已具備了價值和意義。精衛填海雖屬徒勞，又只不過是表現個人的不平，但她鍥而不舍的精神，仍然使我們感動。

人類歷史上許多志士仁人，在他們所處的時代和環境，儘管所做的，看上去也只屬徒勞，他們往往竟以身殉。可是他們壯烈的行為，感動了後世無數的人，也激發了後世無數的人。這種感動和激發，正好說明了他們所做的並非徒勞。

精衛填海的故事也當如此看。

捕蟬老人的絕技

孔子前往楚國，經過一處樹林，看見一個駝背的老漢，手持一根長竹竿，正在黏蟬。那竹竿頂有膠黏的物質，碰上蟬的翅膀，蟬兒便沒法飛走。捉到的蟬可以賣給孩子作玩物，也有烤熟了來吃的。

孔子見他黏蟬的手法十分熟練，可以說是手到拿來，百發百中，不禁讚歎道：

「太巧妙啦，您是有甚麼特殊的心得麼？」

老漢說：

「是呀，我把彈丸放在竹竿頂上練習，要緊的是手要穩，不讓彈丸掉下來。

「經過五六個月，我練到可以在竹竿頂放兩顆彈丸，那時能夠逃走的蟬已經很少了。到疊放三顆彈丸也掉不下來時，十隻裏面只能有一隻逃走。到我練到疊放五顆彈丸，而不墜落的時候，捉蟬就像隨手拾取一樣容易了。」

老漢還一面說，一面做給孔子和他的學生看：

「我穩穩地站着，像一棵直立的樹樁；我伸出手臂，好像枯樹上的朽枝。這時刻，雖然天地是這麼廣大，萬物的品類是這麼豐盛，風吹也好，鳥叫也好，我不見不聞，我眼中所見只有蟬的翅膀！有人叫我，我也不會回頭；毒蛇猛獸在我身邊經過，我也不會側視。我的精神如此集中，可以說，沒有任何事物能分散我對蟬翼的注意力。

「能做到我這樣，還怕捉不到蟬嗎？」

孔子聽了十分感動，回頭對學生們說：

「聽到了沒有？人能夠用心專一，那效果可以接近神奇的程度。用這樣的態度來求學，還怕不成功麼！」

仁政

用憐恤別人的心，

來施行憐恤別人的政治，

那麼治理天下，

可以像轉運小物件於手掌上。

——孟子

學蜘蛛只張一面網

暴君夏桀時代，東方殷民族的首領是成湯。他不但儀表堂堂，而且心地仁慈。關於他的仁慈，流傳着一個故事：

有一次他到郊野打獵（那時的打獵，不只是為了尋樂，而是像耕種和捕魚一樣，為了生活所需，同時也是一種軍事訓練），看見一個獵人正四面張網，並且口中念念有辭說：「從天上落下來的，從地下鑽出來的，從四面八方來的，都掉進我的網！」

成湯把網拆掉三面，留下一面，對那人說：「你怎可以趕盡殺絕呢？請跟我念另一首祝詞。」於是他叫那人念：

從前蜘蛛結網，
如今我們學樣。
想朝左就朝左，
想朝右便朝右，
想高飛的就高飛，

想低翔的便低翔。

只讓那些不知死活的，

偏偏碰在我這面網上！

據說這樣一來，漢水以南很多小國，認為湯王的仁德已經及於鳥獸，於是紛紛來歸附，一下子就有四十國之多。

這是成湯「網開三面」的故事。後世百姓向暴君或嚴苛的統治者求情，也只敢企求「網開一面」而已。

如今一些國家的捕魚業，規定網眼不得小於某個尺寸，為的是讓小魚可以成為漏網之魚。這倒不是基於仁慈，而是把大小魚兒趕盡殺絕，恐怕將來無魚可吃。當政者把不馴服的精英之士或囚或殺，對國家的損害就更大了。

猛虎和毒蛇

有一次，孔子帶同學生經過泰山旁邊，見在一座新墳的前面，有一個婦人哭得很傷心。孔子憑着車前的橫木聽了一會兒，感覺到她有很深的哀痛，便派學生子路上前詢問。子路說：

「這位女士似乎有許多的哀傷和擔憂，我們的老師很關心，叫我過來問詢。」

那婦人暫停了悲聲，抹乾了眼淚，回答說：

「從前我的家翁是給老虎咬死的，後來我的丈夫又被老虎咬死了。到了最近，我的兒子又被老虎咬死了。」

婦人說到這裏，眼淚又忍不住簌簌的流下來。

孔子聽了，很為她難過，但心裏有點疑惑。他問：

「那麼你們為甚麼不離開這裏，搬到安全的地方去呢？」

婦人說：「就因為這裏沒有苛政，我們捨不得搬啊！」

孔子慨歎說：「年輕人牢牢地記着：苛政比老虎還可怕啊！」

類似的故事見於柳宗元的〈捕蛇者說〉。永州地方有一家姓蔣的捕蛇人，因為當地的毒蛇可以治多種絕症，他們靠捕蛇獻給政府代替賦稅。可是他的祖父、父親都被毒蛇咬死。他繼承這一行十二年，有好幾次差點沒命。

柳宗元很同情他的處境，願意幫他跟地方官商量，不再捕蛇，改做其他營生。這位姓蔣的連忙拒絕說：「為了應付苛捐雜稅，許多鄉鄰都家破人亡了。我們捕蛇冒險犯死，一年只有兩次，哪裏像他們，每天都要為這個痛苦擔心！」

柳宗元說：「『苛政猛於虎』的事，今天我親眼看見了。」

斷肢人的鞋子漲價

春秋齊景公時代，刑罰既多而且殘酷。

有一次有人犯了事，惹得景公十分怒惱。當吏卒把那人捆綁到殿階下面時，景公吩咐：把他的四肢支解了！

眼見一場慘不忍睹的酷刑，便要在殿前執行，卻是誰也不敢說句甚麼。

只見晏嬰走上前去，取過刑吏手上的尖刀，一手執着那犯人的頭髮，向景公發問道：

「請問古代賢明的君主，他們支解人是從哪個部位開始的？」

歷史上當然沒有支解人的賢君，景公不覺臉紅，訕訕地吩咐停止行刑。

景公時代還流行一種刖刑，是把犯人的腳剁掉，從此變成殘廢。無腳的人在殘肢上穿一種特製的鞋子。這種鞋子叫踊。

有一次景公對晏嬰說：

「先生住的地方臨近市場，不怕又髒又喧鬧嗎？要不要找一處清靜的地方，為你另建一所府第？」

晏嬰說：「住在臨近市場的地方，也有好處，至少可以多了解百姓的生活情況呀！」

景公問：「那麼你知道市場的物價麼？我看這些瑣碎的事，你也未必知道呢。」

晏嬰說：「不是所有的物價我都清楚，只是我知道，近日普通人穿的鞋子，因少人購買而跌價，但那些殘廢人穿的踊，卻因為供不應求，愈來愈貴了！」

景公聽出晏嬰話裏的意思，是指朝廷有濫用酷刑的趨勢，便下令減輕犯人的刑罰。

政府領導人往往迷信嚴刑會帶來大治，但歷史證明不行仁政的政府，倒台最快。

重才

春蘭秋菊，
各一時之秀也。
——中國古語

寂寞的火炬

春秋時代的齊桓公，是當時的第一位霸主，因為他懂得任用像管仲這樣的賢人治理國家，使國家富強。

在齊王的宮廷前面，日夜點燃着一枝明亮的火炬。這火炬代表桓公求賢若渴，四方有本領的人前來求見，不分日夜，桓公都會親自接見。

可是火炬不覺已經燃燒了一年，卻不見有人前來求見，使豎立這火炬的桓公，未免有點失望。

終於有一天，有一個鄉下人打扮的漢子，來到宮前要求接見，自稱懂得背誦九九算術口訣，嘴裏還「一一如一，一二如二，二二如四」的背誦着。桓公命人對他說：

「背誦九九算術口訣，是很普通的技能，也配用來見國君麼？」

那鄉人說：「我聽說大王求賢的火炬，點了整年也沒有人求見，想必是大家都知道大王雄才大略，怕他們的才能大王不會放在眼內，因此沒有人敢來。能背誦九九算術口訣這樣的本領，的確微不足道，可是大王如果能夠禮待這個求見的人，就等於告訴天下的人：大王有誠意求教於所有有一點本領的人。還怕他們不來麼？

「泰山因為不拒絕每一粒細小的沙石，才變得如此高大；江海因為能容納每一道細小的水流，才變得如此深廣。《詩經》上不是這樣說麼：古代的賢君向砍柴打草的農夫求教，希望集思廣益。希望大王能向他們學習。」

桓公聽了十分喜歡，連忙用尊貴熱情的禮節，接見了這個鄉人。

一個月之後，有本領的人，從四方八面前來求見了。

把飯吐出來見客

曹操有句詩說：「周公吐哺，天下歸心。」周公指姬旦，他盡心盡力輔助武王伐紂，又輔助年幼的成王成長，為國家做了許多大事。

周公求賢若渴，只要自稱有才德之士來求見，他便立即出來見客。他自己說：「我一沐三握髮，一飯三吐哺，起以待士，猶恐失天下之賢人。」

所謂一沐三握髮，是說洗一次頭，要多次握乾濕漉漉的頭髮；一飯三吐哺，是說吃一頓飯，要多次把口中的食物吐出來，為的是速速見那來訪的客人。

他這樣禮賢下士，難怪曹操說他天下歸心，要向他學習了。

跟曹操同時代的劉備，不像曹操這般會寫詩，在禮賢下士這方面，卻做得很漂亮。他三次拜訪諸葛亮，為的是求他出來幫自己打天下，使諸葛亮很是感動。在〈出師表〉中，諸葛亮提及自己銘記此點：

「先帝（劉備）不以臣卑鄙，猥自枉屈，三顧臣於草廬之中。」

中國歷史上更早的求賢故事，是周文工在渭水之濱，遇見了垂釣的姜尚（太公望）。那時姜尚已是八十歲的老人，兩人一談投契。文王請老人家坐上馬車，自己駕車做了馬夫，把他帶回京城，拜他做了國師。

可惜這樣的美談，只見於過往的歷史。近代賢德之人，卻少有這樣的幸運。其中不少更含冤受屈而死，使我們多麼的慨歎啊！

忠心

人生自古誰無死，
留取丹心照汗青。
——文天祥

丹心照汗青

南宋滅亡後，丞相文天祥被關在元朝首都燕京的大牢裏。監牢地方狹窄、低矮、潮濕、幽暗。尤其在夏天，種種惡氣會集。下雨的時候，積水浮動牀几，發為水氣；那些爛泥蒸發，發為土氣；驕陽帶來暴熱，獄中密不通風，發為日氣；獄卒在簷下煮食，助長炎熱，這是火氣；倉庫裏面的穀米腐爛，發為米氣；獄中人多，發出腥臊味和汗垢味，這是人氣；那廁坑和死老鼠的氣味是穢氣。這七種氣猛向文天祥侵襲，他賴以抵抗的，只是他那股浩然正氣。

為此他寫了一首〈正氣歌〉，讚美了古代一批忠義之士，包括：齊太史、董狐、張良、蘇武、嚴顏、嵇紹、張巡、顏杲卿、管寧、諸葛亮、祖逖、段秀實等人。他認為這些忠臣義士，秉持着磅礴正氣，足以萬古長存。而哲人雖遠，典型猶在。當讀到他們這些感人事蹟時，那美德的光輝仍然照耀在眼前。

元朝政府不停派人向文天祥勸降，最後是元世祖親自勸降。他和顏悅色地對文天祥說：

「我對你的忠心完全了解，但宋室已亡，你的忠心又有甚麼作用？你如肯改變主意，做元朝的臣子，我仍然請你擔任丞相的職位。」

可是文天祥毫不動容，但求一死。

元世祖見勸降無望，怕有後患，便下令殺人。文天祥被押往柴市刑場，他神色從容，朝南方再拜，端正坐下，對監斬官說：「我的事結束了。」

這位四十七歲的民族英雄終於犧牲了，完成了他自己的信念：

「人生自古誰無死，留取丹心照汗青。」

牧羊十九年

蘇武被關在地窖裏好幾天了。這位漢武帝派來出使匈奴的使者，因為不肯投降，還用刀抹了脖子，差點自殺死去，激怒了單于（匈奴的君王），要在他傷愈之後，折磨折磨他，希望他改變主意。單于不給水也不給食物。蘇武渴了，便以雪來解渴；餓得辛苦了，便扯些毛氈硬吞進肚裏。

單于見蘇武完全沒有屈服的意思，終於死了心，送他到北海（貝加爾湖）邊放羊，還說：「等公羊生了小羊，你才可以回去！」

蘇武到了那人迹罕至的北海之邊，想找個人說話也難。他想念着故鄉的母親和妻子，眼前所見的只是一羣羊。

從祖國帶來的物件都沒有了，只剩下手上那根代表朝廷的旌節。他朝夕不離的拿在手上，這似乎是他跟祖國唯一的連繫。日子久了，旌節上面的繐子都掉光了，他仍然不肯放下。

後來，漢武帝和逼蘇武投降的單于都死了，匈奴和漢的關係轉好。漢昭帝要求匈奴把蘇武放回，匈奴卻騙說蘇武已經死了。

幸好蘇武當日的一個隨從，仍在匈奴，他找機會向漢朝的使者，報告了蘇武的情況。

這使者便面見那繼位的單于說：「我們皇上有一天在御花園射下了一隻大雁，大雁腳上繫着一條綢子，上面有蘇武還活着的消息。對於這件事你們作何解釋呢？」單于無言以對，只得承認蘇武未死，並且答應把他放回。

蘇武在匈奴受了十九年的折磨，回國時頭髮和鬍子都白了。長安的百姓都出來迎接他，向這位忠於國家的英雄，致最高的敬意。

推薦人才不避親仇

春秋時代的晉平公，問大臣祁黃羊說：

「南陽地方的縣令出現空缺，我想找個能幹的人出任。你認為誰可以擔任這個職位呢？」

祁黃羊說：「我認為解狐最適合不過了。」

平公有點奇怪，問道：

「你跟解狐一向有仇，為甚麼卻推薦他呢？」

祁黃羊說：「您問我誰最適合擔任這個職位，並不是問我跟誰有仇啊！」

平公說：「好得很，那就請解狐做南陽縣令吧。」

結果解狐真的做得很好，得到國人的稱讚。

有一次平公又問祁黃羊：

「國家缺乏一位擅長軍事的尉官，你認為誰可擔當這個職位呢？」

祁黃羊說：「可以給祁午做。」

晉平公說：「祁午？他不是你的兒子嗎？我如果任命了他，大家知道是你推薦的，會不會說你閒話，認為你偏私呢？」

祁黃羊說：「您是問我誰適合擔任軍尉，並不是問誰是我的兒子啊！」

晉平公說：「好，既然你認為好，我就任命祁午做軍尉了。」

祁午做了軍尉，十分稱職，國人都稱讚他做得好。

孔子聽說這兩件事，不禁稱讚道：

「祁黃羊做得好！他向國家推薦人才，不論他是否自己的仇敵，也不故意躲避親子之嫌，如此光明磊落，以國家利益為重，真是大公無私啊！」

愛國牛商

春秋時代，秦穆公派孟明視、西乞術、白乙丙三員大將，遠征鄭國。

這時鄭國新死了國君，正忙着辦理喪事，秦國軍隊悄悄前往，定可殺他一個措手不及。

當秦國的軍隊還沒有抵達鄭國邊境，路經一個名叫滑的小國時，有人自稱鄭國的使臣求見。

主將孟明視大吃一驚，秦國祕密的軍事行動，為甚麼會洩漏的？便連忙接見。

來人說名叫弦高。因為鄭國的新國君知道三位將軍遠道而來，所以特派他帶了十二頭肥牛前來犒軍。

孟明視見行動已被識破，便說：

「謝謝你們國君的心意，其實我們不是往貴國去的。」

然後在弦高耳邊悄悄地說：

「我們是來攻打滑國的。」

為了掩飾他們的行動，孟明視真的滅了滑國，搶了一批財物，班師回去。

他們不知道上了弦高的當。原來弦高不過是鄭國一個販牛的商人。他趕着一批牛往洛陽做買賣，偶然聽說秦國發兵攻打鄭國的消息。他怕國家沒有準備，遭秦國的軍隊突襲。在這樣緊急的情況下，他一面派人火速回去通知國君，一面趕着牛迎上秦國的軍隊，用他的智慧退走了秦軍。

弦高可稱為愛國商人。他盡了國民的責任，獻出了自己的財產，還冒着被識破的危險，做了一件有利國家的大事，至今被人稱頌。

孝順

父母之恩，水不能淹，
火不能滅。

——俄國諺語

做得到的孝

為了提倡孝道，中國有二十四孝的故事，可惜其中不少屬於愚行。例如在大腿上，割一塊肉來醫父母的病；例如裸着身子，躺在冰上捉鯉魚之類，都是學不得的。

孝順父母的故事，我比較喜歡的，有幾個：

一是〈伯俞泣杖〉。韓伯俞是漢朝人，有一次他激怒了母親，母親像平常一樣用棍子打他。他忽然抱着母親手上的棍子，傷心地哭起來。

母親問：「從前每次打你，你都不哭，今天哭得這麼傷心，是我打錯了你嗎？」

伯俞說：「往常母親打我，我覺得痛，也因此知道母親很有氣力，身體健康。今天母親打我，我不覺痛，想是媽媽的年紀大了，氣力衰了，因此我忍不住哭起來。」

一是〈黃香溫席〉。黃香是漢朝人，九歲死了母親，他自動負起照料父親的責任。

夏天炎熱，他把牀鋪枕頭，用扇子搧得涼涼的，把討厭的蚊蟲趕走；冬天寒冷，他怕父親睡覺的時候，不夠暖和，便自己睡暖了被窩，才給父親睡。

一是〈戲綵娛親〉。老萊子是春秋時楚國人，七十歲的時候父母還健在。為了引老人家歡笑，他時常穿着五色彩衣，扮小孩子，又故意跌倒，趴在地上啼哭，使老人家十分開心。

在這三個孝親的故事裏，伯俞並沒有特別做了些甚麼，可是他對母親那份真心的關懷，的確使人感動。

黃香所做的，是日常生活中可行的事，但在平常中見孝心，每個人都可以效法。老萊子引父母開心的方法，我們不一定要學，但引父母開心的這番心意，卻希望大家都有，並且以自己的方法，使父母笑口常開。

百男不如一緹縈

西漢初年，山東淄博有個管糧倉的官，複姓淳于，名意。他喜愛醫學，精通醫理，卻不願只為權貴服務，寧願為百姓治病，因此得罪了一些有勢力的人，借個題目陷害他。淳于意被判有罪，要押解上京，接受「肉刑」。

當時的「肉刑」共分三種，一是「黥」刑，要在臉上刺字；二是「劓」刑，要把鼻子割去；三是「斷趾」，要砍去左腳或右腳。

淳于意生了五個女兒，沒有兒子。她們聽說父親要上京受刑，傷心地哭作一團。

淳于意心中煩惱，罵她們說：

「你們只會哭！可惜我沒有兒子，到了緊急關頭，連一個可以出力的也沒有！」

最小的女兒名叫緹縈，當時才十幾歲。聽了父親的話，她心如刀割，毅然對父親說：

「我雖是女孩，但我要陪你上京，沿途服侍你，還要為你向皇帝求情。」

到了長安，緹縈立即上書漢文帝，說父親一向為人廉潔，處事公平，受到百姓稱譽。如今不慎觸犯國法，要受到肉刑的處罰。受了肉刑的人，肢體傷殘無法恢復，終生承擔恥辱，想重新做人也沒有機會了。緹縈懇求皇帝免掉父親的肉刑，她願意到官府作奴婢來替代，贖父親的罪。

漢文帝看了緹縈的呈文，很是感動，不但赦免了淳于意的罪，還下詔廢除肉刑。

東漢史學家班固這樣讚美緹縈：

「百男何憒憒，不如一緹縈。」

憒憒是糊塗、無能的意思，比起勇敢的緹縈，許多男子都該感到羞慚了。

敬師

好的老師是黑夜裏的燃燈人，
他點亮一盞盞心燈，光照永遠。

——阿濃

下雪天站着等老師睡醒

宋朝的楊時和游酢都是大學問家程頤的學生。某一個冬日，兩人結伴前往拜訪老師。老師談興甚佳，說了不少有意思的話，使兩人覺得老師的修養實在深廣，是他們遠遠跟不上的。

後來老師有點倦意，說着說着閉上眼睛打起盹來。這時外面開始下雪，兩人怕老師久睡着涼，便添了爐火，侍立一旁等他醒來。

室外雪靜靜地下着，室內也是靜寂一片。他們怕交談會打擾老師的睡眠，因此也保持靜默。

當老師終於打個呵欠醒來時，發現兩人恭敬地站在身旁，便說：「啊，你們還沒有走呀！」

「我們該走了，謹向老師告別。」

當他們來到門前時，發覺門外的雪已經有一尺深了。

這個故事描述了學生對老師的愛護和尊重。在一些舊戲裏，老師上課打盹，正是學生「造反」的好機會。還記得其中一幕，頑皮的學生用墨塗黑了老師的眼鏡，等他以為天色不早，提早放學。

某校大考之前的溫習期，校長經過一個課室。跟其他課室不同的是，裏面寂然無聲。校長推開門一看，見教師扶着額頭睡着了；全班學生自己靜靜地溫習。那第一排最矮小的一個學生見校長進來，伸出一根手指放在唇邊，示意校長不要吵醒老師。

校長伸了伸舌頭，合作地靜靜掩門退出。他知道這是全校最勤勞的教師，批改作業十分認真，往往凌晨才睡。

知心

世有伯樂，
然後有千里馬。
——韓愈

高山流水覓知音

春秋時期，有一個叫俞伯牙的，彈琴的藝術十分精妙，不過真正懂得欣賞的人並不多。

有一次他乘船外遊，停泊在河上，見景色優美，忍不住鼓起琴來。一曲既罷，岸上有人拍掌。俞伯牙一看，原來是一個樵夫，手上拿着斧頭，身旁還有柴枝。

俞伯牙不以為意，隨手彈起琴來，但心中想着雄偉的高山，卻聽得那樵夫讚歎説：

「巍巍乎好像泰山啊！」

俞伯牙又想着滔滔的流水，卻聽得那樵夫讚歎説：

「浩浩湯（蕩）湯好像流水啊！」

俞伯牙知道，這次果然遇着知音了，便請他上船相聚。原來他叫鍾子期，也是一個有學問的人。只因雙親年老，寧願陪伴老人家過簡單樸素的生活。

兩人一見如故，恨不得長在一起賞琴論文。

俞伯牙還要繼續他的旅程，只得約了後會之期，才依依而別。

經過了一段日子，俞伯牙倦遊歸來，當然不會忘記去探望鍾子期。誰知老人家悲哀地告訴他：子期已於不久前病逝。

伯牙驚聞噩耗，來到子期墳前，拜祭過後，靜靜坐下來彈奏了一曲，琴聲中充滿對亡友的思念。一曲既罷，他用力把琴摔碎，並且終其一生不再鼓琴。

為一個知音而放棄自己的藝術生命，似覺可惜，我們卻可以從遺憾中，體會到知音難求的悲哀。你有知音麼？請珍惜。

知我者鮑叔

春秋時代，齊國的管仲和鮑叔牙自小是好朋友。後來鮑叔牙做了公子小白的部屬，管仲做了公子糾的部屬。兩個公子爭王位，公子糾敗死，管仲成為囚徒。公子小白即位做了齊桓公。

鮑叔牙向桓公大力推薦管仲，說他比自己能幹得多，想成為天下的霸主，不可沒有管仲。

桓公相信鮑叔牙的眼光，拜管仲為相，地位還在鮑叔牙之上。管仲為相之後，通貨積財，富國強兵，使齊國成為春秋五霸之首。

管仲很感謝鮑叔牙如此深厚的友誼，他說：

「少年時，我跟他合作做生意，我總是佔他的便宜。鮑叔不怪我貪，因為他知道我窮。我們繼續合作，可是我多次失敗，愈來愈窮；鮑叔不怪我蠢，他說時勢有利有不利，只不過我剛碰上不利。

「我又曾多次在戰爭中敗逃，鮑叔不怪我膽怯，知道我因為家有老母，才貪生怕死。公子糾失敗了，我受辱而不自盡，鮑叔不怪我不知羞慚。他知道我最感羞恥的，是功名不顯於天下。」

最後管仲歎息說：

「生我的是父母，了解我的卻是鮑叔牙！」

鮑叔牙如此對待朋友，可謂情深義重；他力薦管仲為相，是為了國家，完全沒有私心。而管仲坦誠地承認自己欠鮑叔牙甚多，說明了他真是一個值得結交的君子。

偷吃的誤會

陳國和蔡國的大夫，擔心孔子接受楚國的聘請，到楚國做官，會對他們不利，便調遣了一班人，把孔子圍在陳、蔡之間的郊野。孔子不但無法離開，還漸漸斷了糧食。部分徒弟捱不住，腳軟得站不起來，孔子卻繼續教學，講學、讀書、彈琴、唱歌的聲音，沒有停過。

一天，孔子在睡午覺。弟子顏回不知從哪裏討來了一點米，便煮飯給大家吃。

孔子矇矓間看見顏回伸手在飯鍋裏抓飯吃。心想：「他一定餓急了，要偷飯吃。」

一會兒，飯煮好了，顏回請孔子用飯。孔子也不說破，卻故意說：「我剛才做夢，夢見我去世的父親。如果食物是清潔的話，我想拜祭拜祭他。」

顏回說：

「不可以呀。剛才有炭灰掉進飯鍋裏，我把它拈起來，上面黏着幾粒米飯，我不想浪費，便把它吃了。這樣的飯拜祭先人，恐怕不尊敬啊！」

孔子聽了，心中慚愧。他也不隱瞞，把自己剛才的誤會説給大家聽，並且要他們記着：

「我們總是相信自己的眼睛，可是眼見的也不一定是真啊！我們所靠的，是對人對事的信心，可是有時連我們的心也會動搖。要真正、完全、徹底的了解一個人，實在不容易啊！」

另一個孔子的弟子曾參，曾被誤傳殺人。起初他的母親不相信，到第三個人告訴他同樣的消息時，她放下正在織布用的梭子，爬牆逃走去了。即使是深深了解兒子的母親，那信心也不是絕對無可動搖的。

老馬遇知己

一隻老得牙齒也脱落了的瘦馬，正在坎坷的山路上掙扎着。

牠拉着一輛沈重的鹽車，四條腿因不堪負荷而震抖。酷烈的太陽烤着牠，使牠渾身汗水淋漓。抬頭望向前面，山路彎曲，遠無止境，太行山的巍峨身影，重重壓向牠，那山頂正是牠的目的地。牠懷疑自己有沒有氣力走到那裏。

一步一步狠命向上捱，卻一不小心踩到一塊活動的石頭，一個踉蹌跪跌在地上，膝蓋也破了。好不容易掙扎起來，那汗水伴着血水，一滴滴灑在山徑上。

其實牠早已遍體鱗傷，四蹄的硬甲早踩破了，尾巴上的毛只剩下稀疏的幾根，一些膿瘡還引來了蒼蠅。

牠又疲又渴，恨不得倒下來死掉算了。來到一道斜坡前面，那車子硬是拉不上去。死命拉上一兩尺，卻又滾回原地。趕車人一點也不憐恤，皮鞭狠狠打在老馬身上。

這時一位老人家坐車經過，他的頭髮雖然白了，兩眼卻精光四射。當他看到這匹在困境中掙扎的老馬時，忽然激動地跳下車來。他撲向那傷痕纍纍的可憐的動物，忍不住大哭起來。他撫摩着老馬身上的傷痕，連說：「可憐！可憐！」還除下自己身上的麻布袍子，蓋到老馬身上。

他是誰？他是名聞列國的第一相馬人伯樂。當他見到這匹老了的千里馬，遭到這樣的待遇時，心裏極其傷痛！

這時那匹老馬忽然低頭噴氣，跟着仰首長嘯，那聲音石破天驚，直衝九霄。牠今天終於遇見了一位懂得牠的知己，牠處境雖苦，卻又是感到多麼的安慰啊！

善導

善導者導人，
如領江河之水流入大海，
過程中造福後人，
並使受導者進入一個廣博的境界。

——阿濃

馬的特別葬禮

楚莊王是個馬癡，養了許多好馬。他對馬的待遇，可以說好得不能再好——替牠們披上華麗的繡了花的綢緞，養在畫棟雕樑的屋子裏，讓牠們睡清涼的牀席，吃美味的棗脯。

有一天，一隻莊王最愛的馬，因為養尊處優，過肥而死。莊王傷心之餘，決定厚葬。他要全體大臣為馬致哀，準備用棺槨裝載馬的遺體，用大夫的禮節來舉行喪禮。

也有一些覺得不妥的大臣，向莊王提出異議，卻激怒了莊王。他下令說：

「誰再為葬馬的事進諫，我會判他死罪！」

一個叫優孟的樂人，平常能言善道，最會娛樂莊王，這時卻走進殿裏放聲大哭。

莊王問他何事傷心？優孟說：

「我是為大王最心愛的馬逝世而哭。像楚國這樣堂堂的大國，有甚麼想要而要不到的？我覺得用大夫的禮節來葬大王最心愛的馬，是太薄待了，應該用國王的葬禮來葬牠才對。」

莊王說：「你的意思是──」

優孟說：「應該以雕花的玉做棺材，用最好的木料做外椁；調派軍隊來挖掘墳坑，命令全城男女老弱來挑土。出殯那天，要齊國、趙國的使節在前面陪伴開路；韓國、魏國的使節跟從殿後。還要建一座祠廟，讓牠享受祭祀，同時追封牠為萬戶侯，讓天下人都知道：大王是如此的重馬而輕人！」

莊王聽了，汗流浹背，慚愧地說：「我的過錯真的這麼嚴重麼？那麼我該怎樣做呢？」

優孟笑道：「為牠舉辦一個六畜的葬禮便是：用灶頭為椁，銅鍋為棺，放些花椒八角、生薑大蒜，煮得香香的，讓牠葬在我們的五臟廟裏，那就一切妥當了。」

「隨機」教育

東漢的陳寔在某處做縣官時，有一天夜裏，隱隱聽見有人進了屋子，便起牀查察。

那竊賊見驚動了屋主，匆忙間匿在屋樑間暫避。眼利的陳寔早已看見，卻不動聲色。

他整整齊齊的穿上衣服，叫醒了所有的兒孫，命他們站在面前，聽他訓話。

他說：「人一定要自我勉勵，不讓自己懈怠。做壞事的人，本性未必是壞人，只不過養成了不良習慣，又沒有改過的意志，才造成可悲的處境。像躲在屋樑上的那位先生，就是這樣了。」

樑上的竊賊，一則知道已被人發現，二則聽了陳寔的話也有點感動，便從樑上爬下來向陳寔請罪，表示願意改過。

陳寔說：「看你的樣子，本來也不是壞人。你做出今天這樣的事

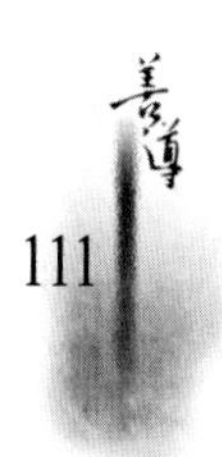

來，大概是為貧窮所迫吧？我送你兩匹綢絹暫渡困難，今後要改過自新、好好做人了！」

那賊千多萬謝地叩頭告別。陳寔這樣做，不但教育了兒孫和賊子，還使這個地方，長久再沒有盜竊案發生。

利用適當的機會教育下一代，陳寔做得不錯。孟子的母親，也懂得這種「隨機」教育。

有一天孟子求學歸來，母親正在織布，問孟子學習的進度。孟子一副滿不在乎的樣子，他母親便割斷了正在紡織的布，對孟子說：「你荒廢學業就像我割斷了布，沒有學識的人將來能做甚麼呢！」孟子十分慚愧，從此再不敢懈怠。

種樹的道理

唐朝時候有一個姓郭的種樹人，因為駝背，人家戲稱他為槖駝（駱駝）。他不但不生氣，自己也就把槖駝做了名字。

他住的地方叫豐樂鄉，在長安城的西面。長安那些有園林的富豪人家，都爭着請他來打理園子，因為他種的樹都能生長茂盛，開出美麗的花，結出甜美的果。別的種樹人，雖然留意着看他怎樣做，加以仿效，卻總是做不到他那樣好。

有名的文學家柳宗元知道了郭槖駝種樹的能耐，便向他請教種樹的祕訣。郭槖駝說：

「一般的種樹人移植樹木時，樹根屈曲，又沒有舊的泥土護着。種下來之後，不是愛它愛得太殷勤，便是憂它憂得太過分。朝看夜摸，走了還要轉頭看。甚至剝開樹皮，驗它的死活；搖動樹幹，看它的疏密。這樣的折騰它們，愛之變成害之。

「我種樹的方法只是順着它們的本性，讓它們的根得到舒展，給舊的泥土使它們容易適應。種植的時候，像愛護子女一般好好照顧；種好了，就要讓它們自然生長，發展它們的本性。這樣種出來的樹，自會健康茂盛了。」

柳宗元聽了很高興，認為種樹的道理也可以用作做官的道理，最要緊的是不要擾民。

今天我們從教育的角度看，種樹的方法，也可以用作教育子女的方法——要培養孩子獨立成長、獨立思考的能力，不要過分的呵護。過度的規限和督促，效果往往適得其反。

分享

孟子說：獨自一人欣賞音樂快樂，
與別人一起欣賞音樂也快樂，
究竟哪一種更快樂呢？
齊王說：當然跟別人一起欣賞更快樂。
孟子說：跟少數人欣賞音樂固然快樂，
跟多數人欣賞音樂也快樂，
究竟哪一種更快樂呢？
齊王說：當然跟多數人一起欣賞更快樂。

——孟子

買家裏沒有的東西

戰國時代的齊國，有一位貴族名叫田文，也就是大家熟悉的好客的孟嘗君。他門下有食客三千，只要自稱有一技之長，便可以得到收容。

有一個窮漢名叫馮煖的，請人介紹，想在孟嘗君門下做個食客。但他自稱並沒有甚麼特別本領，孟嘗君也就姑且收容了他。

馮煖住下不久，有一天彈着劍唱道：「長鋏歸來乎！食無魚。」孟嘗君便吩咐改善他的伙食。不久他又彈着劍唱道：「長鋏歸來乎！出無車。」孟嘗君便吩咐出門時給他備車。不久，卻又聽見他彈着劍唱道：「長鋏歸來乎！無以為家。」大家都說這個人太貪心不知足了。孟嘗君查到他家有老母，便差人給她吃用，過比較寬裕的生活。自此馮煖便不再唱歌了。

有一次，孟嘗君想派一個能幹的人，到他的封地薛國收債。馮煖自告奮勇，並且問要不要把收到的錢，買點東西回來。孟嘗君說：「你看我家裏缺少甚麼，便買甚麼吧。」

馮煖去後很快便回來。孟嘗君問他債都收到了麼？他說全收到了。問他買了些甚麼東西？他說：「你家甚麼東西都有，所缺的卻是個『義』字。我已假傳你的命令，把那些債券都燒掉了，大家都高呼萬歲呢！」

孟嘗君雖然不高興，卻也無可奈何。

後來齊王不信任孟嘗君，要罷他的官，孟嘗君只得回到他的封地薛國去。離家還有百里，百姓已扶老携幼，一早在路旁迎接。孟嘗君感動地對馮煖說：「先生幫我買的『義』，我終於在今天見到了。」

誰拾得了弓不是問題

春秋時代，楚共王有一次打獵，在興奮的追逐騎射間，遺失了一把叫「烏號」的寶弓。

跟隨共王打獵的左右隨從，紛紛努力尋找。共王說：「楚國人遺失了弓，他日拾得的也是楚國人，又何必去尋找呢？」

共王這番話，使不少人敬佩他的胸襟，把全國人民都當是自己人。

不過孔子聽到這件事之後說：「可惜他的視野胸襟還不夠闊大。為甚麼不說『人遺弓，人得之』，何必一定要說成楚人呢？」

孔子在那時代，已有天下一家的看法，足見其偉大。

如今因交通、資訊的發達，現代人有「地球村」的說法，整個地球猶如一家人。

因此一方有難，十方援之。不論哪個國家發生了天災人禍，世界各地都給予精神和物質的支援。

而許多影響全球的問題，如環境污染、臭氧層穿洞、溫室效應、核子試驗，更是大家關注，願意合力解決的。

一個老爺爺在九十歲生日那天，種下了一棵果樹。他說自己是等不及吃這棵樹的果子了，但前人種果後人收，前人種樹後人乘涼。我們既然享受了前人的成果，當然也要為後人留下福祉。

這是另一種廣闊的視野和胸襟，不是跨越地域國界，而是跨越時間年代。

不分國人、外人、今人、後人，有四海一家、現在與將來一體的認識，應是現代人的新道德。

與士兵同甘苦

春秋時代，越王勾踐臥薪嘗膽，不忘國恥；十年生聚，十年教訓，增強了國力，時機成熟，可以征伐吳國，報仇雪恨了。

在出發途中，有人獻給勾踐一罎香醇的美酒。這罎美酒是這人多年的珍藏，自己捨不得喝。獻給勾踐，祝他旗開得勝，打倒吳王夫差，一洗歷史的恥辱。

勾踐叫人把那罎美酒運往江水的上流，倒入江中。他和士兵一同在下游舀水來飲。當然那江水已經沒有絲毫酒味，但士兵都認為是國君與他們分享了這罎美酒。結果打仗的時候，戰鬥力提高了五倍。

又有一天，有人送了一袋乾糧來，都是些情意綿綿的家鄉小食。勾踐又吩咐分給全體士兵吃。

人多糧少，每個士兵只分得一丁點兒，吃到嘴裏，未過喉嚨已失去了蹤迹。說也奇怪，這一丁點兒僅夠塞牙縫的糧食，竟使士兵的戰鬥力提高了十倍。

戰國時的名將吳起，雖然為人「刻暴少恩」（司馬遷的評語），但他對待士兵卻是能同甘共苦的。據說他跟最下層的士兵同衣食，臥不設席，行不騎乘。

有一次，他的一個士兵生了一個大瘡，吳起為他吮掉膿血。士兵的母親知道了便哭起來。有人說：「你的兒子只是一個小小的兵卒，大將軍親自為他吮瘡，你哭甚麼呢？」士兵的母親說：「吳將軍曾經為我孩子的父親吮瘡，他不久便戰死沙場。如今他又為我的兒子吮瘡，我的兒子又不知會死在哪裏了！」

七十里不大四十里不小

齊宣王像許多愛享樂的君主一樣，對聲色犬馬有很濃厚的興趣，尤其是圍獵，更是樂此不疲。他設立了專用的狩獵場，興到便去開心一番。

不過他多少也聽到一些百姓的怨言，和大臣的勸諫，使他頗為不快。

有一天，他故意問孟子說：

「我聽說周文王的打獵場，方圓七十里，有這樣的事嗎？」

孟子回答說：「書上是有這樣的記載。」

宣王又故作吃驚的問：「果真有這樣大麼？」

孟子說：「當時的老百姓還嫌它小呢？」

宣王說：「奇怪！我的打獵場才圍了四十里，那些百姓已說太大了。這是甚麼一回事？」

孟子說：「文王的打獵場，雖然方圓有七十里，但砍柴的可以進去，捉野兔的也可以進去。這是一個與民同樂的園子，百姓覺得小，不是很合理麼？」

孟子嚥了口唾沫繼續說：

「我初到齊國來，先問清楚所有的禁令才敢入境，怕的是一不小心犯了甚麼律例。我又聽說大王有個方圓四十里的獵苑，禁止百姓進入，當然也不許他們斬柴、捉野兔。如果膽敢在苑中殺死一頭麋鹿，那就跟殺人一樣，犯了死罪。如此看來，這四十里的打獵場，就好像一個巨大的陷阱，人人害怕一不小心，誤墮其中。百姓們覺得這個園子實在太大，不是很自然的事嗎？」

齊宣王聽了，無話可說。

寬厚

饒人不是癡漢，
癡漢不會饒人。
——中國諺語

要他發脾氣真難

現代人的脾氣愈來愈躁，一點便着。讀一讀劉寬的故事，肯定會有好處。

劉寬是後漢時代人，做過南陽太守。大家都讚他溫和仁義，性情和名字一樣，寬大容忍。手下官吏也好，老百姓也好，犯了較輕的過失，他只是用蒲草編織的鞭子，向犯事者輕輕拍打幾下，做個責罰的樣子，讓他們知道羞恥而改過。

有一次他坐着牛車回家，半路有人誤認劉寬的牛，是他家走失的，硬要把牛牽走。劉寬也不跟他計較，任由他把牛牽走，自己步行回家。後來那人尋回了自家的牛，把牛送回劉寬，並向他謝罪。劉寬說：「物有相似，你肯把牛送還已是好事，何需致謝！」

劉寬的妻子也聽過許多讚美自己丈夫脾氣好、量度大的話，或許她覺得丈夫這種脾性太軟弱了，容易吃虧，便故意試他一試。

一天早上，劉寬已穿戴齊齊整整，準備上朝。一名侍婢捧着一碗肉湯，碰撞在他身上，弄得他一身汁水淋漓。劉寬不但不發脾氣，還關心地問侍婢：

「有沒有燙傷你的手啊？」

我們的世界有太多憤怒的青少年，一言不合，便拳頭利刀齊飛；有太多憤怒的中年，夫婦反目成仇；有太多憤怒的老年，一言不合大打出手，弄出命案。許多人誤以為憤怒等於強者風度、英雄氣概。他們以胸中一股惡火，燒毀對方（包括無辜），也燒毀自己。

請借劉寬的名字一用，在家中牆壁上，掛一幅大大的「寬」字。

黑暗中失去帽纓

有一次，楚莊王邀約羣臣在宮中飲酒。大家正喝得有點醉意的時候，一陣突來的疾風，吹熄了殿上所有的燭火，全場一片漆黑。

在一片驚呼和混亂之中，莊王最寵愛的妃子發覺有人牽扯她的衣服。這妃子抗拒時，無意中扯下了那人的帽纓。

黑暗中，妃子對一直坐在她身邊的莊王說：「有人趁黑做出非禮的舉動，我已扯下了他的帽纓。一會兒把火點上，看誰失去了帽纓，請大王治他的罪。」

莊王說：「是我請他們喝酒，有人醉後失禮，我不想我的愛將有人因此受辱。」

他隨即高聲宣佈道：

「今天我請大家喝酒，不把帽纓拔掉不能盡歡！」

一百多個臣子都聽話拔去了帽纓，丟在地上。然後重燃燈火，盡歡而散。

三年之後，晉國與楚國發生戰爭。莊王親自上陣，發現一位軍官，勇猛非凡，不顧性命地衝鋒陷陣，激發起楚軍的士氣，打了一場勝仗。

事後莊王把這位勇將召到馬前，問道：

「我平日待你並不特殊，你今日作戰，為甚麼這樣捨死忘生呢？」

那人說：「我該死！我正是三年前酒後失禮，被扯脫帽纓的那個人。那次大王仁慈寬大，放過了我，我一直在等待機會報答大王，就算肝腦塗地，也是我甘願的。」

此後這位軍官每次均勇猛作戰，終於徹底打敗了晉軍，楚國因而強大。

高潔

出污泥而不染，
濯清漣而不妖。
——周敦頤·〈愛蓮說〉

寧願餓死的兩兄弟

商朝諸侯孤竹君在世時，想立兒子叔齊做太子，繼承他的王位；孤竹君死了，叔齊想讓位給兄長伯夷。

伯夷說：「這是父親的命令呀，怎可以違背呢？」便逃離了國家。叔齊也不肯繼位，跟着逃走，兩人並且走在一塊兒，想去投奔諸侯西伯昌，因為聽人說他很能尊老、養老。

到了周地，西伯已死。他的兒子追稱西伯為文王，自己即位為武王，出兵討伐商紂。

伯夷叔齊聽到這個消息，攔着武王的馬頭進諫說：

「父親死了，還不曾埋葬便出兵打仗，可以算做孝嗎？做臣子的去討伐國君，可以算做仁嗎？」

武王左右的人拿出兵器，想把二人殺掉，輔佐武王的姜太公說：

「這是有義的人啊！」把他們扶起，請他們離去。

後來武王革命成功，推翻了商朝，天下的人都歸附周室。獨是伯夷叔齊，仍然認為周朝的做法不對，隱居在首陽山上，堅持不吃周朝的米糧，只是採些薇菜充飢，終於餓死了。

對於伯夷叔齊的死，後代有不同的評價。有人認為商紂是暴君，武王的征討代表了人民的意願，他們的反對是一種愚昧的保守思想。但孔子也好，寫《史記》的司馬遷也好，都肯定他們是志行高潔的仁德之士，因為他們有自己做人的原則，不會隨波逐流、爭名逐利。雖然餓死，卻是他們自己的選擇。

天知、神知、我知、你知

漢朝的楊震做荊州刺史時，有人深夜來訪，還帶了十斤黃金做禮物，有所請託。

楊震不肯要，那人說：「我深夜前來，無人知曉，你擔心甚麼呢？」楊震說：「天知、神知，我知你也知。怎可以說無人知曉呢？」

他堅決地拒絕了賄賂。

是貪贓還是廉潔，重要的是具備一顆正直無私的心，那是不受其他因素影響的。

廣東南海縣西北有一道泉水，名叫貪泉。相傳誰人喝了便會貪得無厭。

晉朝的吳隱之，個性廉潔。朝廷派他到嶺南改革施政的弊端，封他為廣州刺史。

吳隱之經過貪泉時，故意酌而飲之，他還賦詩一首說：

石門有貪泉，一歃重千金。

試使夷齊飲，終當不易心。

石門是貪泉所在地，歃是飲的意思。夷齊指伯夷、叔齊兩兄弟，古代高潔之士。

唐朝王勃寫的〈滕王閣序〉中有兩句：「酌貪泉而覺爽，處涸轍以猶歡。」

上句說的便是吳隱之的故事；下句的涸轍卻出自《莊子‧外物》篇中一則寓言，主角是困在乾了的車輪溝中的一條鮒魚。王勃的意思是：一個意志堅強樂觀的人，喝了貪泉不會糊塗，依然神清氣爽；處於困境也一樣可以心情愉快。

在外乞討，回家擺闊

孟子說過一則「齊人」的故事：

齊國有一個人，家裏有一妻一妾。他每次外出都吃得飽飽的，喝得醉醺醺地回來。

妻子問他是跟哪些人在一起。他說出來的名字都是非富則貴。

妻子是個聰明人，對妾提出了她的懷疑：

「他說他相交的那些人，都是富貴名流，為甚麼不見那些人到我們家來探訪呢？我看他說的恐怕有詐，我要覷準機會查一查他，看他究竟到了些甚麼地方？」

一天早上，那齊人又說有應酬，搖搖擺擺的出門去了。他不知道妻子躲躲閃閃的跟在後面。

她見丈夫在城中行走，沿途並沒有人跟他招呼，看來他的交遊並不廣闊。

最後見他出了城，來到東郊外的墓地。妻子正在納悶：「他到這地方來搞甚麼鬼？」

只見他走近一家正在掃墓的人，向他們討些殘菜剩飯，站在那裏用手抓來吃。大概不曾吃飽，又東張西望地，到另一家祭掃的人那邊去乞討了。那搖尾乞憐的樣子，使躲藏在一角的妻子，看得臉上發燒。

她不想再看下去，連跑帶奔的走回家去，告訴那妾道：「丈夫是我們仰望而終身倚靠的人，想不到他竟是這樣的不堪！」兩人一同在庭中咒罵着、哭泣着。這時那齊人卻施施然從外面回來，又準備向他的妻妾擺闊了。

孟子用這個故事，諷刺那些以乞討的醜態追求富貴權勢的人。他說：他們的行為怎不使家人羞恥哭泣呢！

永不嫁人的女子

戰國時代，齊國的田駢是當時的名流。有一天他正跟一班門客在花園裏高談闊論、喝酒下棋，忽然有門下通報，說有人求見，見不着便不離開。

田駢便吩咐請他進來，但見他倒也氣宇不凡，見了田駢，深深一揖道：

「素仰先生個性清高、淡泊名利，不肯做官，因此不辭遠道而來，願意在先生門下做個奴僕，可以有機會多親近親近，經常聆聽到先生的教益。」

田駢聽了，心裏很是受用，一面客氣地說：「豈敢，豈敢，你過獎了！」一面得意地望向那班門客，意思是：「瞧，我在外面的名聲是多麼高！」

田駢又故作謙虛地問（當然，他是想聽到更多的讚美）：

「你是從哪裏聽到關於我的事情的?」

那人說:「是我鄰家一個女子告訴我的。」

「女子?」田駢覺得奇怪,「她說了些甚麼?她又是怎樣的一個人?」

「她?她是一個聲稱永不嫁人的女子。」那人說,「她今年三十歲,已經生了七個孩子。她雖說不嫁,卻比出嫁的女人更會生孩子。先生不該覺得奇怪,其實她跟先生您很相似。先生聲稱不肯做官,也的確沒有做官;可是府上食祿千鍾,幾百個當差的幫您做事,這種氣派、權勢,比一般做官的還要厲害,真使在下羨慕極了。」

田駢聽了這番真假難分、不知是讚美還是諷刺的說話,臉也紅了。

「你是去舐痔瘡的麼？」

戰國時代的宋國，有個叫曹商的，奉宋王命出使秦國。去的時候，得到車輛數乘。所謂一乘，是一輛四匹馬拉的車。當然車乘愈多是愈榮耀的了。

曹商到了秦國，很得秦王歡心，賞賜了一百乘車給他。

曹商帶着那浩浩蕩蕩的百多乘車回國，很有點沾沾自喜。當他見到莊子的時候，忍不住口沫橫飛地說：

「住在窮里陋巷之中，靠織草鞋為生，餓得脖子都細了，面有菜色，這是我做不來的。可是，咳——」

曹商清一清喉嚨說下去：

「說到以智慧的言語，開悟萬乘的君主，而得到百乘的車馬作為賞賜的，卻是我曹某拿手的事啊！」

莊子見曹商一副小人得志的樣子，心中十分厭惡，便對他說：

「我聽說秦王有病召醫生入宮診治，能夠替他擠瘡放膿的，可以得到一乘車的賞賜；那肯替他在肛門處舐痔瘡的，可以得到五乘車的賞賜。他們所做的愈卑賤，得到的賞賜愈多。你得到這麼多的車乘，是替秦王舐痔，還是做了更加難做的事呢？」

跟着莊子做了一個厭惡作嘔的表情說：

「你請吧！」

我們不要只看某人得到了甚麼賞賜，就以為是他的榮耀，還要看他的賞賜是用甚麼換來的。如果是以出賣個人的尊嚴和良知換取的，那只是恥辱罷了。

智慧

得智慧勝過得金子。

——《聖經・箴言》

魯國女孩與「蝴蝶效應」

春秋時代魯國，有一個看門人的女兒，名字叫嬰。有一天，她跟一班女孩子一同紡紗績麻，大家談談說說，時間過得很快，不覺已是半夜了。這個叫嬰的女孩沈默了一會兒，忽然哭起來。

同伴們紛紛問她甚麼事不開心。她起初不說，後來終於告訴大家：「我聽說衞國的太子行為不好，很是擔心，因此哭泣。」

同伴們笑她說：「衞國的太子行為不好，讓衞國的人擔憂去呀，最多也讓其他諸侯擔憂去呀。關你這個魯國的平民女子甚麼事呢？你還要為這件事哭泣，不是太可笑了嗎？」

嬰說：「有一年，宋國的司馬桓魋得罪了宋君，要出奔魯國。他的馬走失了，在我的園子裏打滾，又吃了我家許多葵。聽打理園子的人說，這年種園的利錢少了一半。

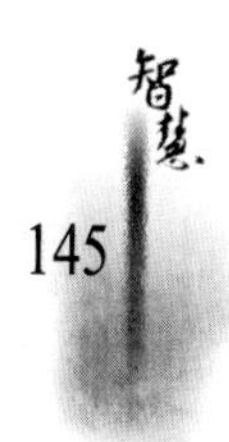

「越王勾踐起兵攻吳，威勢極盛，諸侯害怕，魯國也前往獻上美女，以示討好。我的姊姊不幸被選中。我的兄長不放心，前去探望她，卻在路上不幸死去。越國的兵去征討吳國，我的兄長卻因此死亡。

「從這兩件事看來，世間事禍福常相關連，別以為遠方或他國的事，便與我們無關。衛國太子行為不好，喜歡打仗。我有三個弟弟，叫我怎能不擔憂呢？」

近年西方學者有「蝴蝶效應」的說法：甲地一隻蝴蝶振動牠的翅膀，連續反應的結果，可能會在其他地區釀成一場龍捲風的災害。這種學說的道理，跟我國西漢時代，韓嬰所寫的這個故事，意思不是很相近嗎？

每個人都要關心世界事；每個人的行為，也可能對世界造成重大的影響，這是我們要記取的。

愚公移山愚不愚？

《列子》一則有名的故事：

快將九十歲的愚公，房子前面有兩座大山，一叫太行，一叫王屋，方圓七百里，有萬仞之高。

愚公覺得這兩座大山阻塞了交通，使他們出入很不方便，要兜很大的圈子，便開了一個家庭會議。愚公說：

「讓我們合力把這兩座山鏟平好不好？」

大家都興奮地說好，只有愚公的妻子提出疑問說：

「那些泥土石塊放到哪裏去呢？」

其他的人七嘴八舌地說：可以堆到渤海盡頭的地方。

於是全家總動員，連鄰家的孩子也來幫忙，鑿石的鑿石，運土的運土，一片鬧忙。

住在河曲地方，有一位叫智叟的老人家。他見到他們這樣做，便嘲笑地勸止愚公說：

「老頭子你實在太蠢了，以你這樣的午紀，怎奈何得這樣的大山，還是在家歇着吧！」

愚公歎了一口氣說：

「你真是老頑固！我死了還有兒子，兒子底下還有孫子，代代無窮，山卻不會增高，總有一天可以把它平掉。」

智叟聽了無話可說。

這個故事，被後人用來作為一種激勵：只要有持之以恆的決心和毅力，世上再難的事也可以成功。

但現代環保人士對愚公這種不尊重大自然的蠻幹精神，卻不以為然。試想這會對山上的自然生態，造成多大的破壞！

寓言始終是寓言，愚公想出入方便，搬家要比搬山容易得多。但憑主觀願望的蠻幹，甚至會造成很大的災難，人類要小心呀！

桃子殺人

春秋時代齊國有三個勇士：公孫接、古冶子和田開疆，他們都是齊景公最寵用的人。因為他們氣力大、武藝高強，為國家建立了不少功業，又救過齊景公的性命。

也因為這樣，他們就有點驕傲起來，不把其他大臣放在眼裏，做事但憑自己喜歡。

有一天，三位勇士正在喝酒論劍，忽然有侍臣奉景公之命，送了兩隻桃子來。

侍臣説：

「這兩個桃子是宮中異種，所產有限，十分難得，且香甜無比，所以景公自己也捨不得吃，拿兩個來分贈三位勇士。」

三人見桃子只得兩個，便問該怎樣分配。侍臣説：

「主上吩咐，誰的功勞大誰吃。你們自己商量着辦吧。」

這可是個難題，三位勇士雖然是好朋友，卻都是好強好勝，重視榮譽的人。侍臣一走，他們便爭論起來，而且愈辯愈激烈。

其中田開疆或許表達的能力最差，或許性子最烈，到他自覺說不過另外二人時，竟抽出了寶劍，往自己脖子上一抹，自殺死了。

公孫接見好朋友死了，十分悲痛。他說：「為了一顆桃子，害死我一個好兄弟，我有何顏面活在世上！」他也抽出寶劍，自刎死了。

剩下悲痛萬分的古冶子哭着說：「我一個人活着還有甚麼意思！」他也跟着二人去了。

桌上還放着那兩枚殺死三位勇士的桃子。

據說設計這個「二桃殺三士」毒計的，是晏嬰。

三位勇士如果有點政治智慧，大可把兩顆桃子剝了皮，切成一片片的大家合吃，仍然做他們的好兄弟。人各有執着，各有所短，這就成為別人進攻的死穴。

目光銳利的海鷗

戰國時代的列子，寫了一則海鷗的故事：

某處海邊有許多海鷗，牠們自由地飛翔覓食，銀灰色的翅膀襯托着碧海藍天，構成一幅幅動人的畫圖。

海邊住着一家人。那年輕的兒子很喜歡海鷗，每天早上划船到海上跟海鷗一同玩耍。那些海鷗繞着他的船飛翔，飛得倦的還歇息在他的小艇上。

有時這青年把帶來的魚拋上半空，海鷗們靈巧地一掠而過，把魚啣在嘴裏。

每天如此，繞船飛翔的海鷗數以百計，似乎他們已經成為很好的朋友。

青年人的父親已經年老，行動不便，早已不到外面活動了，整天獃在家裏，最多在門前曬曬太陽，一壺茶喝上大半天。

這天他對兒子説：

「聽説你每天到海上跟海鷗玩耍，是嗎？」

「是呀，牠們都把我當朋友。」

「可惜我不能到海上去，這雙腿愈來愈不聽話了。」

「選個天氣好的日子，我找輛車載你到海邊去，讓你看看海鷗。」

「這不是太麻煩了嗎？倒不如你明天抓幾隻回來，也讓我玩玩。」

年輕人有點遲疑，老人家説：

「怎麼啦，求你做一點小事，也不願意嗎？」

第二天早上，年輕人像平常一樣來到海上，心裏盤算着怎樣捉幾隻海鷗回去。

奇怪的是，海鷗們只在空中飛翔，竟沒有一隻肯飛下來接近他的。

人心裏想甚麼，即使他自己以為不動聲色，卻還是連海鷗也瞞不過的。

頭髮和鬍子的問題

戰國時代有個叫田巴的，是一位口才極好的辯論家。他膽敢議論歷史上三皇五帝的是非，一日之間可以屈服千人。

他的弟子禽滑釐從老師家裏出來，門外碰見一位女士跟他打招呼說：

「你不是田巴先生的高足麼？你的辯才一定很好了。我有一個疑問，想向你請教。」

禽滑釐說：「但說無妨。」

婦人說：「馬的鬃毛向上生，為甚麼那麼短；馬的尾巴向下生，為甚麼那麼長？」

禽滑釐說：「道理其實很簡單。向上生是逆勢，自然會短；向下生是順勢，自然會長。」

婦人說：「那麼，先生的頭髮向上生，為甚麼那麼長；先生的鬍子向下生，為甚麼那麼短呢？」

禽滑釐一時語塞，不知如何回答，便對婦人說：「我的學問不夠，不能回答你的問題。我進去問問老師，你在這兒等着，等我出來，一定可以給你一個圓滿的答覆。」

禽滑釐進去告訴田巴那婦人的問題和自己的回答。田巴說：「你回答得很好嘛！」

禽滑釐說：「可是她再問我順勢而生的鬍子，為甚麼那麼短；逆勢而生的頭髮，為甚麼那麼長，我卻不懂得回答啊！」

田巴低頭想了許久，對禽滑釐說：「我看你還是不要出去見她了。」

這故事告訴我們：不論你多麼善辯，卻拗不過客觀事實的存在啊！

智仁勇兼備的和平使者

戰國初年，楚惠王為了重掌霸權，想攻打宋國。他重用當時最有本領的工匠師傅公輸般（即現今建造業尊崇的魯班師傅），為他設計了一些攻城工具，加緊趕工，躍躍欲試。這使宋國君民大為緊張。

魯國的墨翟，是墨家學派的創始人，一位和平愛好者。他聽說楚國要侵略宋國的消息，便日夜趕程到楚國去，跑得腳底起了血泡。鞋子破了，便把衣服撕下一塊來裹着腳走。

墨子跟楚王打了一個比喻，說以楚國的富強，侵佔一個貧瘠的小國，等於有華貴馬車的人，偷人家的破車；有華衣美服的人，偷人家破舊的衣服。楚王雖然承認他說得有理，卻說已作好軍事準備，不想半途放棄。

墨子便邀請公輸般，在楚王面前來一次攻和守的演習。他解下了身上的皮帶做城牆，拿一些小木板當作攻城器械。

公輸般用了九套攻城方法，都被墨子一一破解。公輸般呆了，心裏還是不服，說：「我還有一法可以對付你，只是不想說出來。」

墨子也說：「我知道你想怎樣對付我，不過我也不想說出來。」

楚王聽得莫名其妙，問墨子：「你們究竟在說甚麼？」

墨子說：「公輸先生想把我殺掉，以為殺了我便沒有人幫宋國守城；可是我早已派了禽滑釐等三百個學生，守在宋國城頭，他們都懂得我守城的辦法。」

楚惠王見即使出兵，也不一定能取勝，只好說：「先生的話說得對，我不再進攻宋國了。」

一場戰禍因此消弭。愛好和平，兼有智、仁、勇三種美德的墨子，實在值得我們敬重。

紙上談兵

戰國時代趙國名將趙奢，為國家屢建奇功。他的兒子趙括，自小已愛讀兵書，言論兵事，連父親也難不倒他。他自覺兵法天下第一，但趙奢從來沒有稱讚過他。趙括的母親問丈夫這是甚麼緣故，趙奢說：

「行軍打仗是天下至危險的事，這孩子卻看得太容易了！」

趙奢死後，秦趙兩國的軍隊在長平對峙。趙國大將廉頗已在此死守多時，秦軍攻長平不下，便用范睢之計，利用間諜放出謠言，說廉頗老了，不敢出戰，而秦國最害怕的是趙括。

趙王聽了謠言，決定派趙括代替廉頗。

廉頗對趙王說：「趙括的所謂兵法，只是靠讀書而來，沒有實際經驗，難以隨機應變。」

趙王不聽。

趙括的母親也求見趙王，請求不要派她的兒子與秦國作戰，還告訴趙王趙括不及他父親的地方，可惜趙王不聽。

趙括的母親提出請求說：

「趙括他日如果打了敗仗回來，我可以不受連累嗎？」

趙王答應了她。

趙括代替廉頗之後，一改死守的策略，倒也贏了幾場小仗，卻被秦將白起誘敵深入，絕其糧道。圍困四十餘日後，趙括戰死，四十五萬士兵投降，卻被秦軍全數活埋了。

趙括的母親因為有言在先，得免受累。

這故事提供了一個極好的教訓：但憑書本上的知識，滿口理論，紙上談兵，而沒有實踐的經驗，那是很危險的事。

岔路太多找不着羊

戰國時代有一學者楊朱。有一天他正在家中讀書，鄰居忽然來敲門。

一開門外面人聲嘈雜，但見鄰家全體出動，還請楊朱也派人幫忙。發生了甚麼事呢？原來他們走失了一隻山羊，要全家老少去追尋，還怕人不夠，所以來請芳鄰支援。

「才走失了一隻羊，要這麼多人去追嗎？」楊朱問。

「要的，因為岔路太多了。」鄰居說。

楊朱吩咐家僮和僕人去幫忙，喧嘩的聲音逐漸遠去。

楊朱沈浸在書本中，也不知過了多少時間，但覺書上的字逐漸模糊，他看看窗外，原來天色已晚。

「為甚麼還不見他們回來呢？」楊朱想。

這時他開始聽到外面有人聲了。找羊的人一個個陸續回來，人人都很疲倦，因為都走了很多路，可惜卻沒有誰帶來好消息。

到最後一個尋羊的人都回到家中時，找回失羊的希望破滅了。

每個出去找羊的人，都講出同樣的經歷：路上岔路太多，而岔路又有岔路；尋羊的人雖然不少，卻沒法跟進每一條岔路，到最後還是沒法追尋到羊的去向。

尋羊的人一個個休息、吃飯或是沐浴去了。楊朱卻面有憂色，坐在那裏一句話也不說，整晚不見有笑容。

他想到人類對真理的追尋，也像在岔路重重的道路上尋羊，恐怕費力費時而終於迷失在歧路上。

阿濃

原名朱溥生，教育工作者，業餘寫作，著有散文、小說、童話、新詩超過一百種。五度被中學生推選為當年最喜愛作家。2009 年獲香港教育學院首次頒授的榮譽院士，表彰他對青少年教育工作的貢獻。近作有《阿濃陪你讀唐詩》、《當好學生遇上好老師》、《聲動千載 —— 中國人憑歌寄情的故事》、《美言一百》、《不一樣的故事 —— 阿濃愛的故事 32 篇》等，《幸福窮日子》更榮獲第十二屆香港中文文學雙年獎兒童少年文學組推薦獎。

《當好學生遇上好老師》

在中國歷史上，老師的地位大多崇高，從東漢起，歷朝的祭祀之禮，對象便是「天地君親師」，表示對大自然、國家領袖、父母尊長、老師的敬重和感恩。這五個字民間還有特殊寫法，其中「師」字不寫左上角的一小撇，寓意一個人對師恩不能撇去，一定要銘記於心。關於歷史上教師這一行許許多多有趣的故事，阿濃會在書中向大家一一道來。

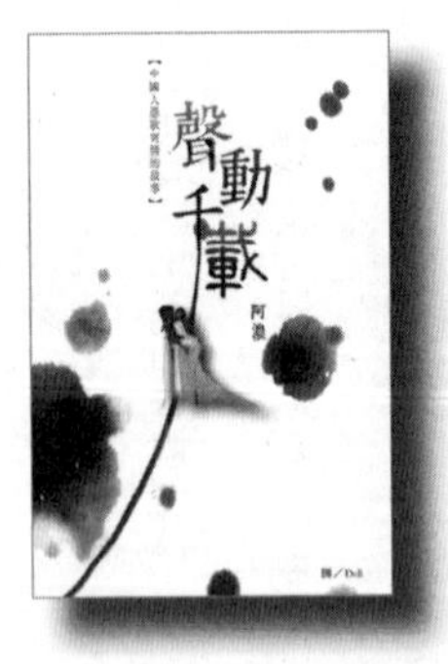

《聲動千載 —— 中國人憑歌寄情的故事》

中國的文化傳統自《詩經》到樂府到詩、詞、曲，能唱的佔了多數。格律配合詞牌，既是文人也是大眾的精神食糧。有些歌還結合歷史事件，有些歌則跟生活密切結合。希望古代的歌聲能感動讀者的心靈，有助塑造中華民族的新人。

阿濃電郵：a-nong@shaw.ca